Disney

Lilo & Stitch

W0288438

Abenteuer auf Hawaii

Seigo Mamiya • Miho Asada

Disney

Lilo & Stitch

Stitch-Anziehpuppe

Schneidet an der gepunkteten Linie entlang, um ihm sein Oberteil anziehen zu können!

Unsere Hauptfiguren ★

Lilo

Ein schrulliges Mädchen aus Hawaii. Sie liebt es, Hula zu tanzen und Fotos zu schießen.

Stitch

Lilos außerirdischer Freund, der sich als Hund ausgibt und gerne für Unruhe sorgt.

Inhalt

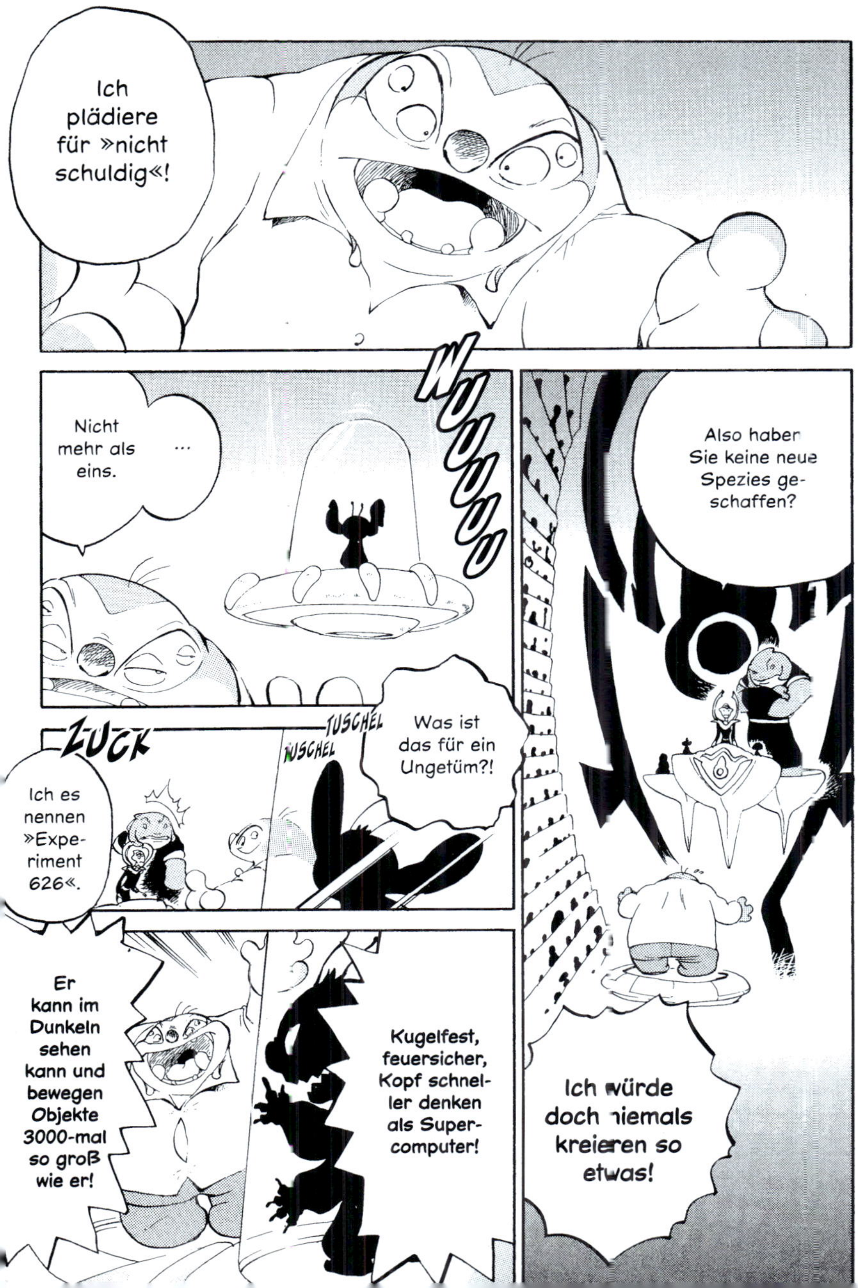
Ich plädiere für »nicht schuldig«!
Also haben Sie keine neue Spezies geschaffen?
Ich würde doch niemals kreieren so etwas!
...
Nicht mehr als eins.
WUUUUU
Was ist das für ein Ungetüm?!
TUSCHEL
TUSCHEL
ZUCK
Ich es nennen »Experiment 626«.
Kugelfest, feuersicher, Kopf schneller denken als Supercomputer!
Er kann im Dunkeln sehen kann und bewegen Objekte 3000-mal so groß wie er!

Sein einziger Instinkt ...
Ghihi!
Ra-ha-ha!
Alles, was er anfasst, VERNICHTEN!
Gwahaha!
Gh ha
Ra-ha-ha!
Ghihi!
Ra ha ha!
Diese Abart ist das fehlerhafte Produkt eines verwirrten Geistes...

Kapitän Gantu, hinfort damit.
Un-bequem? Gut!
Der hohe Rat verbannt dich ins Exil auf einen verlassenen Asteroiden.
Grrrrrr
WUUUU
Entspann dich und genieß die Reise.
GRINS
KNICKS KRACKS

Yiiiihaaaa!
Was soll das heißen, »entkommen«?!
Experiment 626 ist mit einem Polizeigleiter entkommen!
Sofort verfolgen!
PJIUUU
HYPER-DRIVE AKTI-VIERT.
Musste er den roten nehmen ...?

FIUUU
KSCHIII
Der kleine Wicht...!
Er hat es in den Hyperspace geschafft...
Sag mir, einäugiger Freund...
Auf welche jämmerliche Planet ist gelandet mein... »Ungetüm«?
Sie werden Dr. Jumba auf seiner Mission beaufsichtigen, Pliklii.
Wie ?!
Ist das Ihr Ernst?!
Fangen Sie ihn ein und wir werden Sie begnadigen.
Gra-ha-ha!
Er ist entwischt?!

Ein einsames Mädchen und ein einsames Monster finden als Familie zueinander.
PLATSCH
Heute ist doch Sandwichtag! Platsch, der Fisch, brauchte sein Erdnussbuttersandwich!
Warum kommst du so spät?
Ach, Lilo…

Lilo & Stitch
Abenteuer auf Hawaii
Die hat echt ’nen Knall.
Auweia.
Und weil er das Wetter bestimmt, kann ich ihn schlecht hungern lassen!

Ha ha ha!
...
Sagt mal...
Wollt ihr mit Puppen spielen?
ZUCK
Wie denn? Du hast doch gar keine!
Ganz genau!
Doch, hab ich! Das ist Schrulle!
Die hab ich selbst genäht!

Aber ihr Kopf ist zu groß...
Also tue ich so...
... als hätte sie ein Spinnennest im Ohr, wegen dem sie bloß noch wenige Tage zu le...
HIUUUU
SCHMEISS
DRUCK

Liloooo!!
PAMM PAMM
PAMM PAMM PAMM
PAMM PAMM
Mach die Tür auf, Lilo!
Wir haben keine Zeit dafür!

Lass mich doch einfach in Ruhe sterben...
Der Mann vom Jugendamt ist jeden Augenblick hier!
Sind Sie der fragliche Vormund von Lilo?
Grr! Mach auf, bevor ich dich in den Mixer stecke und dich ihm als Pastete vorsetze!
ZUCK
Ich komme vom Jugendamt. Mein Name ist Bobo.
Freut mich...! Ich bin Lilos Schwester ...
... Nani.

Lassen Sie Ihre Schwester eigentlich oft allein zu Hause?
K...Kann ich Ihnen vielleicht etwas zu trinken anbieten? Eine Limo?
Lilo, bist du glücklich in diesem Zuhause?
Wir weichen vom Thema ab...
GLOTZ
Sind Sie so was wie ein Killer?
...
Heute war nur eine Ausnahme...!
Nein, niemals!
Ich mach fleißig Hausaufgaben, gucke nie fern...
... und bleibe immer brav zu Hause, wenn Nani wieder mal keine Zeit für mich hat.
SCHRECK
Aber klar!
...

Aha...
heilloses Durcheinander
Oh, all die Schokolade macht sie ganz wirr...!
Ha-ha-ha-ha...!
Mich ruft man für die schwierigen Fälle...
Und das hier, Nani, finde ich mehr als nur schwierig.
Falls es Sie interessiert: Ich bin gar nicht erfreut.
Ich komme wieder.
KATANG
Strafe muss sein...
VOODOO
Grrr...
WUPP
Lilooo...!

Gib mich doch weg und hol dir einen Hasen!!
Der würde sich auch besser benehmen als du!!
Nein!
Nein, was?!
Willst du, dass sie dich mir wegneh-men?!
Warum hörst du nie auf mich?!
Sag schon!!
Es reicht! Ab in dein Zimmer!!
Bin ich doch schon!!
Grmmbl!!

Hast du keinen Hunger?
Willst du ein Stück Pizza?
Hey, Lilo...
Als Schwester habe ich dich viel lieber, als wenn du meine Mutter bist.
Ja...?
Hast du mich auch viel lieber als einen Hasen?
SCHNIFF
Ein bisschen... sehr vielleicht?
Wir sind eine kaputte Familie, oder?
Klar habe ich dich lieber als einen Hasen.
Sogar viel lieber.
Pff...
Ach, Lilo...

KRAWUMMS
WUOOO
Eine Stern-schnuppe!!
Was zum...?!
KNARZ
Geh raus, ich muss mir was wünschen!
SCHUBS

Ich brauch ganz dringend...
Ich bin's wieder, lieber Stern...
Jemand, der nicht wieder weg-geht...
... einen Freund.
Schick mir am besten einen Engel.
RUMPEL
LODER
RUMOR
Den allerliebsten Engel, den du hast.
RUMOR
LODER

SCHAAAA
ZUCK
Quak!
AUF
BLITZ
TRÖÖ ÖÖÖT
RUMMS

Wie kommst du denn darauf ...?
WIE WÄR'S
MIT EINEM HUND?
Einen Hummer oder so?
Wie wäre es mit einem Tier, das gut auf einen hört?
ALOHA
TIERHEIM
TAPPEL TAPPEL
TAPPEL TAPPEL
... an einen Hund gedacht.
Ich hätte da eher...
Uff...
JAUL
ZUCK
ZITTER ZITTER
WINSEL
ERSTARR
KLACKER
PSCHIUUU
Graaaa!
KNARZ

Jumba?!
Haha! Wie schön zu sehen ...
... dein hübsches Gesicht, 626!!
Er glaubt wohl, er kann mir entkommen, seinem Schöpfer!
Mugigi! Gigigi!
GRINS
WIE WÄR'S MIT EINEM HUND?
Oh?
FLITZ
Na, komm! Geh und such dir einen aus.

Ich hab mich entschie-den!
Also gut! Hier ist noch eure Adoptions-urkunde...
Weißt du schon, wie du ihn nennen willst, Lilo?
Hm, welchen will ich haben...?
PLOP
PLOP
SSSLF
FFFP
Oh!
Ab heute lautet sein Name...
Stitch!
Yeah ahh!

Ahh, diese kleine Biest...
Was stimmt denn nicht?
Er benutzt kleines Mädchen als lebendiges Schutzschild!!
Hu hu hu hu hu!
Kri hi hi hi!
Hihihihi!
Hehe-hehe!
Nicht schießen, klar?!
Gha ha ha ha!
Hehehe!
Ohhh...! Hnnngh...!
Das sein das Letzte!
In seinem Kopf nichts sein als Zerstörung!
Er wird versuchen anzurichten Chaos so viel wie möglich!

...
DOTZ
WINSEL
WINSEL
WINSEL
Du bist sooo böse, was für deine Größe ganz schön viel ist.
Das hier ist ein Bös-O-Meter.
GUT
BÖSE
Herein-spaziert!

Nach-tisch!
Du hast deine Süß-kartoffeln noch nicht aufgegessen!
Kann ich Nachtisch haben?
Lilo, dein Hund darf nicht am Tisch sitzen.
Du jetzt sein ein braves Experiment!
Grrrrrrrr
PACK
Jumba!!
Hab ich dich!

Gyaaa-argh!
Meine Güte, hat er Sie gebissen?!
IEKS!
GROAAAAR!
Aus, aus!!
Aus! Böser Hund!!
PACK
feeeeee!!

Du bist gefeuert.
...
Ahaha, ist doch alles bestens.
E...Es tut mir voll leid!
Chef, ich...!
Ist das euer Hund?
Hast du deine Arbeit wegen Stitch und mir verloren...?
Nein... Der Chef war ein Vampir, deshalb bin ich vor ihm geflohen.
Aber psst!
Guck mal, Stitch!
Unser Haus ist super!
Es wird dir sicher gefallen.

RUMMS
FLITZ
Ich hab die Faxen dicke!!
RRRTSCH
RRTSCH
Sag mal, spinnst du?!
ZZZT
Waha-haha!
FLATSCH
ROLLO
ROLLO
ZÜ
ÜRN

Aber wir haben ihn doch adoptiert!
Was ist mit »Ohana« ?!
Das ist irgendeine Mutation, aber kein Hund!
Ich bringe ihn zu-rück!
FLUPP
ALOHA

Familie heißt...
... alle halten zusammen...
... und sind füreinander da.
»Ohana« heißt Familie!
Bleeeh
Ich hasse es, wenn du mir mit Ohana kommst ...
Schon gut...
Das hat Papa immer gesagt ...

Hey!
... geht das Chaos in meinem Zimmer weiter...
Aber jetzt...
Das darfst du nicht haben!
Sei vorsichtig damit, verstanden?!
ZACK
Rollo Rollo Rollo Rollo Rollo
Grah!
Grah!
RRRTSCH
Das ist mein Schatz, den du niemals anfassen darfst!
Kleines Mädchen verschwenden seine Zeit.
Hoho!

626 ist konzipiert zu sein Monster...
... doch auf dieser Insel nichts mehr sein, was er noch kann zerstören.
Also muss Zimmer von kleines Mädchen daran glauben.
Hach ...
Wie toll...
Hast du was gesagt?
...
Wie muss das sein, zu haben gar nichts...?
Nicht mal Erinnerungen, die man nachts kann besuchen ...

Das ist »Das hässliche Entlein«...
Huga, buga!
Uga!
Mmh ...?
... und weint deshalb auch.
ICH BIN VERLOREN!
Es ist alleine, weil es niemand lieb hat ...
Denn jetzt weiß es, wo es hingehört.
Doch seine Eltern hören und finden es...
Da ist das hässliche Entlein wieder froh.

... aber Sie dürfen nicht arbeitslos sein.
Ich mag zwar äußerst geduldig sein...
DODOM
Wenn ich Sie beide also nicht trennen soll...
... finden Sie besser schnell einen neuen Job.
AUSHILFE GESUCHT!
HASAGAWA-OBSTSTAND
WIR SUCHEN EINE FREUNDLICHE BEDIENUNG!
$ 1.52
Haben Sie mich verstanden?
Ja, absolut ...

WIRBEL
HWIIIIUUUUU
Erst lernst du tanzen...
Äh...
... mache ich einen Musterhund aus dir!
Solange Nani einen Job sucht ...
Mrs Hasagawa, ich komme wegen Ihrer Stellenanzeige!
Warum ist es auf einmal so dunkel?!
Echt jetzt?!
Klar, grad können wir Rettungsschwimmer gut gebrauchen.
RRRSCH
RRRSCHHH
Gaaaaaahh!!
Ins Hotelgeschäft zog es mich schon immer...!
TARAMM
Gitarre ...
Kaffee ist meine größte Leidenschaft...!
KLIRR
KRACKS
SCHEPPER

Aaahh!
Hiiiilfeeeeee!
Uwaaaaah!
Gaaaaaah!
Groaaar!
Hey, Lilo, Nani... Wie geht's?
Nicht so gut ...?
Ah, David ...
Hach...
Oh...
Es könnte nicht schlimmer sein...
Was meint ihr?
Ich bin zwar kein Arzt, aber gegen lange Gesichter helfen sicher gutes Wetter und hohe Wellen.

WOSCHAAAH
Wuuhuu! Du hattest recht, David!!
Ha ha ha!
Gwah!

FUPP
Haha ...
WUOOOO
BOP
Komm, wir jetzt gehen schwimmen.
Wie?!
Warum er riskieren zu ertrinken ...?
626 möchte freiwillig gehen ins Wasser, obwohl er kann nicht schwimmen ...
Ko-misch ...
?!
WOSCHAAAAHH

?!
PACK
RSCHUOOOO
RSCHUO
Dieses Mal haben wir dich!
Was ist los?!
Stitch hat Lilo runter-gezogen!!

?!
HAMM
FSSSSSSCHH
Gwah! Bwa! Bwa! Bwa! Bwa! Bwa! Bwa!
Er wacht auf...!
BLINZEL
BLUBB
BLUBB
BLUBB

Ah...!
Was soll ich mit Ihnen machen ...?
Es ist anders, als es aussieht!
Bitte, Mister Bobo!
Alles okay? Bist du verletzt, Lilo?
Alles gut...
Aber hier kommt es nur auf Lilos Wohl an.
...
Ich weiß, Sie stren-gen sich an, Nani ...
Bitte...!
SCHRR!
Ich werde Lilo morgen früh abholen. Es tut mir leid...

Ich habe wirklich gedacht, dass sie es schaffen würden...
Aber dann kamst du...
Wärst du nicht gewesen...
Du weißt ja, dass ich keine Arbeit mehr habe...
Und deshalb können wir beide ...
... ab morgen ...
Lilo, mein Schatz ...
... nicht mehr ...
Mach dir keine Sorgen, Nani.

Bestimmt findest du bald einen neuen Job.
Du bist doch nett und strengst dich an.
Wie?
Komm her, Lilo ...
♪ Aloha 'Oe Aloha 'Oe ♪
♪ E ke onaona noho i ka lipo ♪
♪ Umarme mich A ho'i a'e au Bis wir uns wiedersehen ♪

Meine Mama und mein Papa sind jetzt im Himmel...
ZUCK
Was ist eigentlich mit deiner Familie, Stitch...?
Unsere Familie ist zwar klein...
... aber du darfst gern dazugehören.
Ich höre dich nachts oft wimmern... Träumst du von deinen Eltern?
Machst du deshalb immer alles kaputt?
Ohana heißt Familie...
DAS HÄSSLICHE ENTLEIN
Familie heißt, alle halten zusammen.

Aber wenn du gehen möchtest, dann tu das ruhig...
Ich werd dich auch nicht vergessen.
Ich habe noch nie jemanden vergessen.

V...V... Verloren ...
ICH BIN VERLOREN!
Verloren bin ich...
Verloren bin ich!

Meine Geduld ist am Ende! Haben Sie 626 nun gefangen oder nicht?!
Äh, also...
Ich lass Sie beide bald inhaftieren. Kurzum...
... Sie sind raus!
Kapitän Gantu wird den Auftrag an Ihrer Stelle übernehmen!
Wir sind gefeuert?! Ab sofort werden wir Mission machen auf meine Art!
SCHOCK
I... Ich bin gefeuert?!
RASCHEL
Hm?
Bleib stehen oder ich schieße!
Aber wäre schade, du warst sehr teuer...
Komm her, ganz ruhig bleiben...
Jumba...
REICH
W... Warten ...

Du hast gar keine Familie... Ich bin dein Schöpfer.
A... Aber...!
Warten... auf Familie ...
Ahh...?
Ich habe dich geschaffen, damit du kannst zerstören.
I...Ich könnte ...!
Nani!
David?
...
Eine Vernichtungsmaschine wie du wird sein immer allein.
Jetzt komm her, du. Wir dich werden zerlegen.

Echt jetzt?!
Beeil dich! Ich glaub, ich hab 'nen Job für dich!
Stell nichts an, ja?!
Lilo, das ist unsere Chance!
Dich verstecken hinter kleinen Freundin sinnlos jetzt!
Es gelten neue Regeln, seit wir wurden gefeuert!
FLITZ
Komm her, du kleines...!
Stitch?!
TAPPEL
Waaarte!

PIUUU
Wenn ich dich habe repariert ...
... wirst du sein schön brav!
Ah! Wah!
PA
SCHAPP
Guwaaaah!
KRACKS
Nein, ich mag nicht brav sein!!
Was macht ihr da?!
Hört auf!!
Schluss damit!
Nicht doch!

PAR
DAUZ
Uooooorgh!
Guuu
aaargh!
PIUU
Okay, für dich.
HOPP
Danke schön.
FUMMP
Man soll nicht spielen mit Waffen!

KRAWUMM
BLITZ
Ah?!
Raus hier!!
R...
Kam das etwa von...?!
Nein!
Woher kam dieser Lärm?!
FWUOOOH
WUMMS
Danke vielmals! Sie werden es nicht bereuen, ab morgen..
Lilo!!
Bitte ...
... nicht unser Haus!
RAL STOR

W... Warten Sie!
Tut mir leid, Nani, aber Sie hatten Ihre Chance. Ich nehme Lilo mit.
U... Unser Haus! Was ist hier passiert ?!?
Lilo?!
Moment, wo ist sie?
FLATTER
ZÜRN
Stitch ...?
SCHUBS
Geh weg! Verschwinde!
Das ist alles deine Schuld!

!
Ah?!
D...Du gehörst auch zu denen?!
SSSLP
PZAP
Wa...?
SCHWUMM
Hä?!
Liiilooo!
Mo-ga-ga!
Ein Kinderspiel... Ich dachte, du wärst schwerer zu fangen.

Liloooooo!!!
NUOOOO
FSCHAAH
SCHLUPF
AWUOOOOOOOOOH
PACK

Was geht hier vor sich?!
QUIEEK QUIEEK
Du Knirps hast gemacht genug Ärger!
Endlich wir haben dich!
Gebt mir meine Schwester zurück!
Bah.
Ohana...
Gebt mir Lilo zurück ...
Aaaahh!
Das geht nicht! Das wäre Verschwendung von Ressourcen der Föderation.
H... Heißt das...
... Lilo kommt nicht mehr zurück ...?

Ohana heißt Familie ...
Was?
Familie heißt, alle halten zusammen...
... und sind füreinander da.
Wie?!
Na gut, wir dir helfen dann.
Was?!
HEY!

Ja!!
Holt ihr Lilo für mich zurück?
Seine Worte sehr überzeugend...
Was meinst du mit »überzeugend«? Was haben wir denn jetzt vor?!
WUOOO OOOHH
Dieser Job war ja fast schon zu leicht.
Was zum...?!

Wie bist du da rausge-kommen?!
WUOOOOOOOH
Wie?!
Stitch, du bist ge-kommen!
Jetzt be-ginnen der Spaß!
Mist...!
Euch versenk ich im Meer!!
PIUUU
PSCHIUUU

Er wurde getroffen!!
SCHA
Wah!
FLITZ
PA
DOMM
HIUUUUUUU
FSCHOO
OOOHH

Lass mich nicht zurück, Stitch...!!
O... Lilo...
Okay!
TRÖÖÖÖÖÖÖ
?!
Okay!
GRINS
Was zum Teufel hat er...
... mit dem Tankwagen vor?!
ROOOOOOOOO
GAS

VROOOOOOM
VULKAN-NATIONALPARK
Trottel! Er ist direkt in die Flüssigkeit gestürzt!
HÜ
WOROOOM
GAS
Das wäre dann mein Sieg!!
KA
WUMMS
Stiiiiitch!!!

RAAA
Stitch!!
WUUUSCH
Tiiiiiiiiiiii

Yaaaahh
KRA
RR
Was um alles in der Welt ...?!?

Aloha!!
A... Aloha?
DRISCH
PURZEL
Stitch ...
Du bist zurück...
FWOOOOOOOH

Alle müssen zusammen-halten!
Mmm
wah

Ja... Aber wer sind diese Leute?
Darf Stitch Tschüss sagen ...?
...
TSCHAK
626...
... wurde gefasst.
Stitch!
Ich hab sie ganz alleine gefunden.
Das ist meine Familie.
Sie ist klein... und kaputt.
Aber auch gut... Sehr gut.

Ich habe Stitch im Tierheim gekauft!
Sehen Sie diesen Stempel? Er gehört mir!
STATE ... HAWAII
Wir dürfen keine Ausnahmen dulden.
Muss er denn wirklich gehen?
Ja...!
Lilo...
Habt ihr dieses Ding nicht im Tierheim gekauft?
Aliens halten sich immer an Vorschriften, oder?
Ver-stehe. . Dann bleibt mir wohl keine Wahl.
Jumba, Pliiklii, ihr beide werdet ab sofort die Aufsicht über die Lebensform »Stitch« über-nehmen...
... denn ich verurteile dieses Geschöpf zu lebenslangem Exil...

... hier auf der Erde.
ENDE

Lilo & Stitch

Chaosmaschine Stitch
Lilo und Stitch sind beste Freunde.
Lilo
Stitch
Geht gefälligst draußen spielen!
Nani
Lilos große Schwester
Auch wenn Stitch gelegentlich den Drang hat, alles kaputt zu machen.

Wir können auch am Strand Spaß haben!
FSSSCHA
Ich will eine Sandburg bauen.
Komm, hilf mir, Stitch!
... und zwar alleine!
Wenn du nicht willst, geh ich eben baden...
Hmpf!
STAPF
TRET

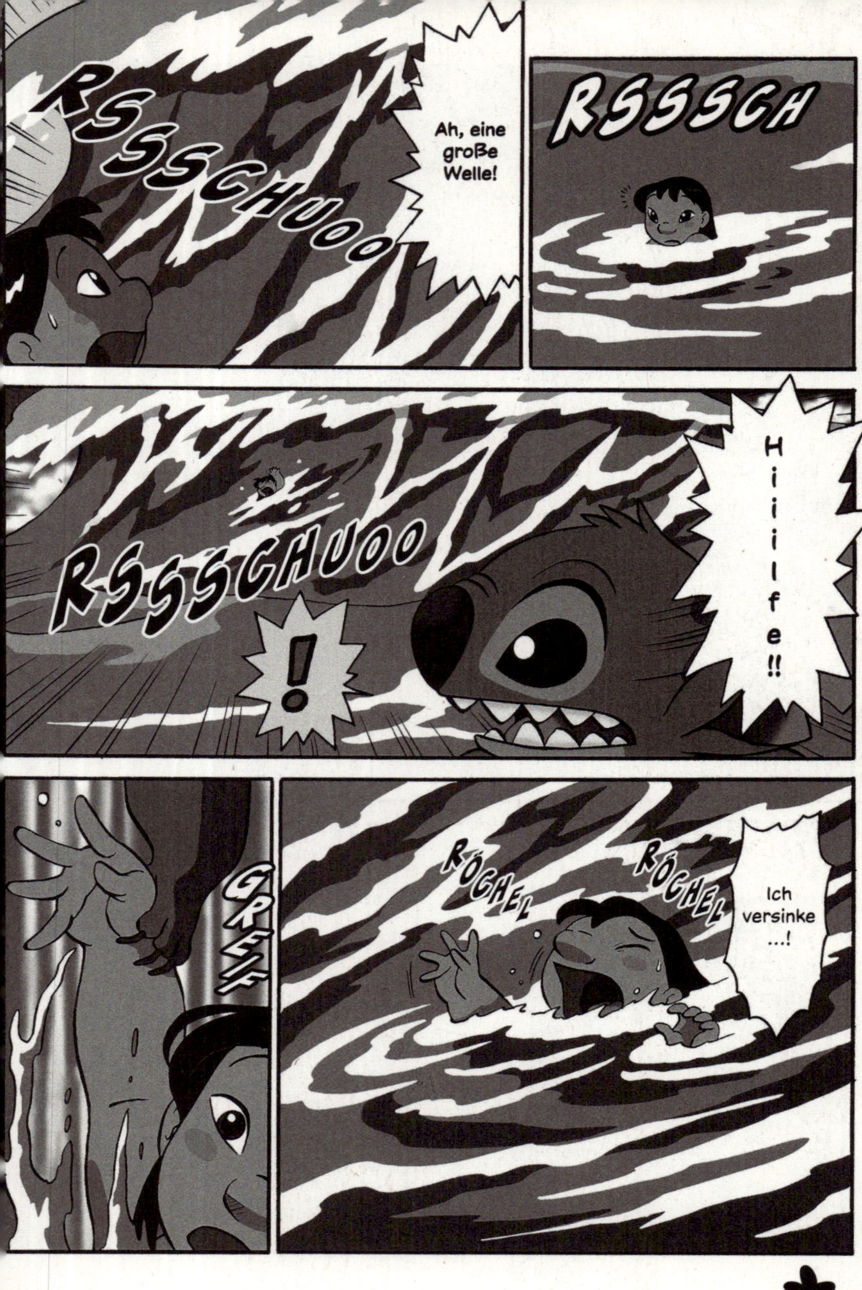
RSSSCHUOOO
Ah, eine große Welle!
RSSSCH
RSSSCHUOO
!
Hiiilfe!!
GREIF
RÖCHEL
RÖCHEL
Ich versinke ...!

RSSSCHUOO
Du bist es, Stitch!
PATSCH PATSCH
Ach, stimmt! Du kannst ja gar nicht schwimmen...
PACK
Du hast mich gerettet!
Danke, Stitch!
?!

Die verhexte Tasse

TA
DAAAA
Du hast es ein bisschen über-trieben!
Fertig!
Wir basteln eine neue!
Dafür nehmen wir diese weiße Tasse und bemalen sie einfach genauso!
Wenn wir sie nicht mehr kleben können ...
... wird es Zeit für Plan B!
Lass mich das machen.
STREICH
Ich habe nämlich Erfahrung im Malen!
STREICH

Jetzt sieht die Tasse eher verhext aus...
Oje...
Uwah...
BODOMM
Ich habe einfach kein Talent dafür...
FRUST
Eine Stunde später...
BO DOMM
Machen wir ein paar Tassen!
Egal, wir haben ja noch Zeit!
LEHM
LEHM
... müssen wir uns einfach entschuldigen.
Wenn Nani nach Hause kommt ...

KATANG
Bin wieder da!
Nani, es tut uns leid!
Wir haben deine Lieblings-tasse kaputt gemacht ...
Als wir sie reparieren wollten, ist das hier draus ge-worden...
Ach, na ja, das sieht doch auch ganz schick aus!
Meinst du...?!
Genau das fehlte noch in unserem Zuhause, oder nicht?
Ich kauf die Tasse einfach nach!
Da hast du uns aus der Patsche geholfen, Stitch...

Alles muss versteckt sein?!
Jumba
Pliiklii
Kommt, lass uns Verstecken spielen!
Stitch muss alle suchen, ja?
Du musst schon dortbleiben und warten!
Ooh!
Und los!!
Waaahh!

FLAPP FLAPP
!
Seeechs, siiieben...
Und schön bis zehn zählen, ja?
Eeeins, zweeei...
FLITZ
Schmet-terling!
HAMM HAMM
Kokos-nüsse!
Ah!

DÖÖ ÖÖ ÖÖS
Stitch spürt das Fresskoma kommen...
BÖRPS
Stitch müsste doch schon längst vorbeigekommen sein...
Das ist ja komisch ...
Hmm ...?
Ah!
Was er wohl hat...?
Hey, Stitch! Du kannst kommen raus!

HA PÜÜÜH
Kein Wunder, er macht ein Nickerchen!
HOP SA SA
Wir könnten auch eine Pause vertragen.
Gar keine schlechte Idee!
Sie sollen mich endlich finden...!
Derweil bei Pliiklii ...
ZZZZZ

Das Sandwichgenie
So, meine Lieben! Jetzt zeige ich euch, wie Sandwiches von Profis aussehen!
Au ja, wir sind ganz Ohr!
Roast-beef
JAM
Vergesst nicht: Sandwiches sind Kunstwerke! Nutzt also eure Fantasie.
Gut, jetzt seid ihr dran.
Was sonst?
Total lecker!
Hah!
TADAAA
Hier seht ihr ein Prachtexemplar!

Kein Problem!
SRRT SRRT
Wenn auf was Verlass ist, dann auf meine Fantasie!
Ich bin fertig!
Probier mal!
DODOMM
Und?
Gut, oder?
Es ist süß, pikant und salzig zugleich...
Urgh...
So was habe ich noch nie gekostet ...
Stitch ist dran!
KLONK
BRODEL
SCHRRR
ZACK
RUMPEL RUMPEL
FWIUU
POLTER
KLIRR
PURZEL
PURZEL
W...Was wohl dabei rauskommen wird...?
Wird das noch ein Sandwich?
Fertig!
DREH

NUOOOOOOOOOO
Nicht wegrennen, Roastbeef!
Probier doch mal!
Bwaargh!!
STOPF
ISS ES!
Iss es!
Äh ...
Das hat Stitch gemacht!
PRALL

?!
Das schmeckt richtig gut!
?!
Wie?! Meinst du das etwa ernst?!
Von Lilo
Azubi?
Nimm mich als deinen Azubi auf!
Dass Stitch mir mal beibringt, wie man Essen macht...
Aber ich bin schon voll...
Bin ganz Ohr!
Stitch zeigt euch jetzt, wie man richtige Sandwiches macht!

Lilo läuft weg

PADAMM
Stitch hat seine Sachen gepackt!
Das kannst du doch nicht alles mitnehmen!!
Die Sachen brauch ich alle!
PRALL
WEDEL
Was?
Und was ist mit dir...?
STARR
E...Egal! Hast du schon an Essen und so gedacht?
Bwuh...
Die ganzen Spielsachen stören nur!
Essen, na klar!
DADADAMM
Doch nicht den ganzen Kühlschrank!

Hnnngh...!
Huargh!
Okay, wir sind bereit!
Brechen wir auf!
Wenn das Haus bloß mitkommen könnte...
Oje, dabei habe ich wirklich nur das Nötigste eingepackt ...
!
UND DRAN
DRAUF
Alles klar!
Aufhören!
Das war doch bloß so 'n Spruch!

Bin wieder da.
Was macht ihr beiden vor der Haustür?
Tut mir leid, dass ich so sauer war, Lilo.
Hab Pizza als Entschuldigung mitgebracht.
Bäh!
Ach, wirklich? Umso besser für mich …
Dann habe ich das Eis nämlich ganz für mich allein.
Ei… Eis?!
BAUMEL
Deine Entschuldigung kommt zu spät, Nani!
Jap!
Du kannst mich nicht mehr davon abhalten, von zu Hause wegzulaufen!
Na gut, wenn es dir so sehr leidtut, vertragen wir uns eben!
Komm, Stitch, sie hat Eis mitgebracht!
Essen wir es zusammen!
TAUMEL
DRÜCK

Die Suchaktion

Das sagt mir nicht viel ...
Torte?
Und ganz viel Torte!
Rund! Glänzend!
Lilos Halskette? Wie sieht sie aus?
Egal, kann man das eigentlich essen?
Wenn ja, würde ich es gerne mal probieren!
SCHWIIZ
Auf keinen Fall!
Wenn man etwas verloren hat, soll man wohl zur »Pohlitsai« gehen...
Oder war das die »Feuaweah«?
Vielleicht doch die »Büscharai«...
Bis ich Apparat fertig habe, dauert es einen Monat.
Das ist zu lange!!
Ihr suchen Halskette?
Dann mache ich euch Gerät, um zu finden verlorene Sache!
Ja!

Arme Lilo...
Stitch muss helfen!
Oh Mann ...
DEPRIMIERT
Irgendwie fühlt sich alles so sinnlos an...
SÜSSWAREN
Süß!
FLITZ
Und prachtvoll!
Glänzend...
Ooh, rund!
Lilo!
Hm ...?
PADAMM
Das ist deine Hals-kette!
Iiiek?!

Danke, Stitch! Es geht mir schon viel besser!
Wie lieb von ihm ..!
Hat Stitch sie selbst gemacht ..?
Sie hing am Fernseher.
Ah!
Ist das die Halskette, nach der du gesucht hast?
Lilooo?
Prachtvoll!
Ja?
WÜHL
Mwah!
Aber deine Halskette bleibt auf ewig mein Schatz!
Genau das ist sie! Danke dir, Nani!
SCHOCK
Das ist also »glänzend«?!
Sicher?!
BRÖCKEL

Lilo & Stitch

Mission: Liebe

Wo gehst du hin, Nani?
Ich treffe mich mit David am Strand.
Und zwar zu zweit! Wehe, ihr folgt mir!
Oje, ob das für David gut ausgehen wird?
KATANG
Er lässt sich von Nani immer so rumschubsen...
Ich hab's! Wir schleichen ihnen nach ...
... und sorgen für einen schönen Tag!
RRRRSCHAAAAHH

Die Luft hier ist so herrlich!
Heute ist es auch nicht voll hier.
Aber meinetwegen hätten wir auch warten können, bis dein Bein wieder heil ist...
Ach, mach dir keinen Kopf!
Wegen so einer Kleinigkeit...
... lass ich doch kein Date mit dir...
Juchhuuu!
Da sind sie!
LUG
Hast du deine Dose dabei, Stitch?
Jap!

SCHACKA SCHACKA
Nani wird sich bestimmt freuen, wenn David ihr so was Leckeres zu trinken gibt!
Saft muss man gut schütteln, bevor man ihn trinkt!
SCHACKA
TADAAAA
SCHNOFF
Wir müssen sie nur noch heimlich rein tun und...
Zzz
Gibst du mir was zu trinken?
Ah, hab ich einen Durst!
Hmbl?!
Komm schon, Stitch! Wir müssen uns wieder verstecken!

FSSSCH
PST
Hepp.
Sieh nur, die hier ist schön kalt.
Super, danke!
Blöd!
Oh nein! In den Dosen war ja Limo drin, Stitch...!
TROPF TROPF
Oh Mann!
A... Alles in Ordnung?!
Gut, ich hab uns Sandwiches mitgebracht ...!
KLACK
LEER
WISCH WISCH
War keine Absicht, Nani...!
Hmpf... Schwamm drüber, David.
Lass uns einfach was essen.

Mir reicht's, ich geh heim!
H...Hör mir zu, Nani...!
Veralbern kann ich mich auch selber!!
Waaah!
Also habt ihr beide wieder alles ruiniert?!
Warte, geh nicht! David hat nichts getan!
Wir wollten helfen, aber dann ging alles schief ...
BADAMM
RSSCH
RSSCH
Äh?!
SSCH
Halt, wo wollt ihr denn hin?!
Euch trifft noch eine Monsterwelle!!

PACK
WUSCHAAAA
DOSCHAAA
Aaaah!
Passt auf!
Tut dein Bein denn gar nicht mehr weh?
Doch, ich hab's bloß vergessen!
Au, au, au, au!
David!
Kinder sollten nicht alleine ins Meer.
Sorry, dass ich wütend auf dich war, David.
Nicht doch...
Ende gut, alles gut!
Alles gut!
Mein Held!

Stitch putzt sich raus!☆

Guaaargh!
Ieks!
Halt doch die Klappe, Mertle!
Sicher, dass das kein Monster ist?
Dein Hund ist ja unheimlich, Spinnlo!
Was?!
Sieht sie nicht, wie süß und brav du in Wahrheit bist?
Wie können wir sie bloß überzeugen …?
Ich frage mich, warum Mertle so gemein sein muss!
Ihr beide seid voll die Freaks!
Grrrrr!
Komm schon!
Zeig uns, wie süß du gucken kannst!
STRAHL
Du musst sie einmal schön anlächeln!
Ah!
Ich hab eine Idee!

Äh hä!
RUMPEL RUMPEL
Brezeln wir dich auf!
Vielleicht brauchst du auch einfach nur ein bisschen Schminke!
GRINS
Das musst du noch üben...
Was macht ihr beiden für einen Lärm...?
Hörst du mir zu?!
POLTER
Schluss, Stitch! Das kannst du nicht alleine!
POLTER
SCHNAPP
Hey!

BADAMM
Gyaaargh!!
Sagt bloß, ihr habt mein Make-up dafür benutzt?!
Tut mir leid...
Wir wollten Stitch nur hübscher machen...
Stitch wirkt zwar auf den ersten Blick etwas Furcht einflößend, aber wie sagt man so schön?
Beurteile ein Buch nie nach seinem Einband!
Stitch ist aber ein Alien!
Das ist nur eine Redensart!

Nani mag zwar recht haben ...
... aber ich finde es trotzdem doof, dass niemand weiß, wie toll du eigentlich bist.
Hach...
Was ist los?!
FLITZ
Aaaaah, Hiiiilfeee!!
?!
Da!

RRTSCH
RRTSCH
RRTSCH
RRTSCH
Ich kann nicht bremsen!
Helft mir, bitteee!!
Mertle!
ALLEZ HOPP
HOPP
Stitch?!
...
Huch?
Was ist los?
E... Ein Baum
Nee-eiiin!!

D...Du bist doch Spinnlos Hund!
RÜCK
Siehst du?! Stitch ist ein wahrer Held!
Hurra!

Dein Hund hat ja doch einiges drauf!
Ich muss wohl meine Aus-sage von eben zurücknehmen.
Also...
Ähem
Hey, gib's zurück!!
Äh...
Be-urteile ein Buc ...
... nie nach seinem Einband!

Stitch ist verliebt
Komm, Stitch, holen wir uns ein Eis!
EIS
Nanu? Hat der Laden schon zu?
Ah!
Soll das ein Witz sein?! Dein Hund hat uns vorhin überfallen und den ganzen Vorrat weggefuttert!!
Was?!

Schnappt ihn euch!
Da! Es war dieser Hund!
Vie?!
Ich will mein Eis zurück!!
D...Das waren wir doch gar nicht!
Was geht hier vor sich...?!
STÜRM
Wau, wau, wau!!
Ich will meinen Ball zurück!
Grah!
Er hat in der Küche rumgewütet!
Grah!
Er hat mein ganzes Obst gefressen!
Da!
FLITZ
Bleib gefälligst stehen!!
JAPS JAPS
Komisch... Wir beide waren doch die ganze Zeit zusammen.
Gibt es hier etwa einen Störenfried, der dir ähnlich sieht?

?!
Sie sieht aus wie du!
Sie ist auch ein Experiment? Dann müssen wir ihr helfen!
Was?!
... Ex-peri-ment!
Hey ...
Bestimmt verwechseln dich alle mit ihr.
FLAPP
Schnell weg von hier!!
Hilfe!
Was soll das?!
Wah!
FLAPP
Wa zur ...?
Wer ist da ?!

Ver-
stehst
du uns
über-
haupt?
SPUT
...
Wie
heißt du
eigent-
lich?
Magst
du sie
etwa...?
Du bist
ja so nett,
Stitch...
REICH
Der arme
Eisverkäufer
hatte kein
Eis mehr!
Bist du
schuld an
dem ganzen
Ärger in der
Stadt?
ERRÖÖÖT

Stitch ...
Bestimmt ganz lieb ...
Sie is nicht böse
Ob sie wirklich so lieb ist?
Er scheint total in sie verknallt zu sein...
WUPP
Was?!
WEDEL
FLITZ
Stitch holt di schöne Sache

Aber Stitch glaubt, dass sie total lieb ist...
Ich wusste, dass sie böse ist!
Das waren Stitchs Geschenke ...
Hier, für dich!
Bin wieder da!
G... Gehst du schon?!
Warte!
ERHEB
Ich muss dir was sagen!
H... Hör mal, Stitch!
WUSCH

?!
GREIF
GRINS
Sie ist gar nicht so lieb...!
Auauauau!
Du verlässt mich nicht, oder, Stitch?!
ZERR
ZERR
Ver-giss es!
Willst du mir Stitch etwa weg-nehmen?!
Wenn du sie so gernhast, dann kannst du mit ihr mitgehen, Stitch...
LÖS
»Bestimmt ganz lieb...«
Ah!

Aber...
Stitch mag dich sehr...
...
Lilo ...
Ohana hält immer zusammen.
Stitch...
DRÜCK
Lilo ist meine Ohana.
...
Denke ich auch.
Sie kommt sicher wieder zurück ...
Sie ist ohne dich weggegangen ...

Überraschungsparty
Stitch wirkt in letzter Zeit ganz schön geknickt...
Hach...
Hach...
Nein, danke ...
Ach, Stitch ...
Guck mal, Stitch! Ich habe eine Kokostorte für dich!
Oder willst du lieber im Wald spielen?
Er denkt wohl immer noch an seine neue Freundin...

Habt ihr eine Idee, wie wir Stitch aufheitern können...?
Ich wüsste da was!
Was hältst du hier-von...?
FLÜSTER FLÜSTER
Ja, das klingt gut!
Dann legen wir ratzfatz mit den Vorbe-reitungen los!
Aber Stitch darf nichts mit-kriegen!
Ach ja, Jumba! Ich wollte dich etwas fragen, und zwar...
Aha, aha...
Da lässt sich was machen.
Ah! Hey, Stitch!
POLTER
POLTER
Wo gehst du hin, Lilo?
Nur mal kurz weg!
?
WIUUUUUUU

Wah, Stitch?!
ZUCK
Was macht ihr da?
Wir backen nur, oder, Pliiklii?!
Oh nein, der Teig ist angebrannt!
RAT
TER
RATTER
Pliiklii, das muss dorthin!
Er meinte, er war noch nie auf einer »Übernachtung«!
?
Überraschung?
NICK NICK
Haha!
Nicht wahr, Pliiklii?!
STOPF
Genau! Wir planen hier keine Überraschungspar... Börg!
KATANG
...?
DAP DAP
DAP DAP
Im Haus ist grad vie los, warum spielst du nicht draußen?!

DRÜCK
Wird Stitch wieder allein sein...?
TAPPEL TAPPEL
Alle sind so komisch ...
Ah!
Wow! Gut, dass Stitch nichts davon wusste!
Bin wieder da...
?!
Grr...!
Wie emein ...!
Eine Party ohne Stitch ...?!

SCHEPPER
Stitch?!
Graaaahh!!
Nicht fair!
RUMMS
RRRISCH
RRRISCH
KLIRR
Ihr schickt Stitch weg...
KNALL
Gwah!
... und macht alleine eine Party!
Hä?!
!
Warte doch mal, Stitch!

KOPF HOCH, STITCH!
D...Die Party war für Stitch?!
Das sollte eine Überraschung werden...
... deshalb wollten wir dir nichts sagen.
Aber dadurch hast du dich ausgeschlossen gefühlt!
Tut uns eid...
N... Nein, Lilo...!
Stitch ist schuld ...
Tut mir leid!
Macht nichts! Wir haben noch ein Geschenk für dich, Stitch!
Komm, mach schon auf!
PAMM
h?!

TADAAAAA
Sie heißt jetzt übrigens »Engel«!
Ich haben sie geschaffen genau wie dich, 626!
Deshalb sie ist Cousine!
Sie war zwar am Anfang etwas schwierig, kann aber später mal genauso brav wie du sein, Stitch!
Sie ist ja auch mit uns mitgekommen, als wir ihr von dir erzählt haben.
Kleines Mädchen haben mich gefragt...
»Kennst du eine Cousine von Stitch, die ihm ähnlich sieht?«
»Er hat sie ganz doll lieb und vermisst sie...«
»Ich will sie für ihn finden!«
Ich ahnte, dass sie meint 624, aber wo sie war, ich wusste trotzdem nicht.
Es brauchte eine Weile ...
...aber kleines Mädchen hat geschafft.

Wenn man jemanden wiedersieht, den man vermisst hat...
... geht es einem ruck, zuck wieder besser, oder?
Für mich, Lilo ...?
Hihi ...
Und allen anderen auch.
Stitch geht es wieder besser!
Danke, Lilo...
Hahaha!
Dann fangen wir mit der Party noch mal von vorne an!
Das freut uns, Stitch!

Überlass das uns, Nani!

Ich glaub, ich hab Fieber...
Hm? Alles okay bei dir, Nani?
Was?!
Guten Appetit!
Heute kümmern Stitch und ich uns um deine Arbeit!
Das geht doch nicht ...!
HUPF
Wenn das mal gut geht ...
KATANG
Wir kriegen das schon hin! Oder, Stitch?
NICK
N... Na schön, ich verlass mich auf euch.

BÖÖÖÖÖ
♪
Putzen wir zu-erst das Haus!
SCHEPPER
Nimm das ernst!
Hör auf!
KRWÖRGL
KLIRR
KLIRR
Putzen ist wohl nicht unsere Stärke.
...
Dann machen wir eben die Wäsche.
totales Chaos

Hey!
SCHNAPP
Hmm, wie viel Waschmittel wohl reingehört...?
RATTER RATTER
BLUBBBER
PAFF
STREU
Doch nicht alles, Stitch!
BLUBB BLUBB
Damit machen wir sogar die Waschküche sauber!
He, das macht Spaß!
Gut, dann kümmern wir uns jetzt ums Essen!
Grargh, gwaah!

MAMPF
MAMPF
HEPP
HEPP
KNET
KNET
Am besten etwas, das gesund und lecker ist!
Puh!
Hey!!
Gut, wir sind ...
Zur Strafe gehst du jetzt Kokosnüsse holen!
Jetzt ist nichts mehr für Nani übrig!
Stitch!!

RRRR
UPF
RASCHEL
RASCHEL
Ah, schon zurück, Stitch...?
KLOPF KLOPF

Waaaaahh!!
RAWUMMS
Wenn du so weitermachst, wird Nani niemals gesund!
Doch keine ganze Palme!
Ich zeig dir, wie es richtig geht.
DRÜCK
Danke, dass du dir so viel Mühe gibst.
Oh...
BEDRÖPPELT

Ich hab kein Fieber mehr...
Oh?
7:15
Huch, ist es schon so spät?
Danke euch beiden.
Sie haben sich die ganze Zeit um mich gekümmert...
Doch dann ...
KREEEISCH
VERWÜSTET
Was ist das für ein Saustall?!?
Mmh...

Der Malwettbewerb

Bilder? Wovon redet ihr da?
War ja klar, dass du wieder keine Ahnung hast.
Genaaau!
Wie sind eure Bilder geworden?
?
Meins ist so gut, dass ich sicher gewinnen werde!
Bald findet ein Malwettbewerb statt.
Das beste Bild wird am Flughafen ausgestellt!
Oh, da will ich dabei sein!
Die Abgabe ist morgen, das schaffst du nie!
Aber auch so hättest du keine Chance gehabt!
Wahaha!
ZURN
Hör auf, Lilo!
Drisch
Drisch
Ahh!
Mertle werd ich's zeigen, Stitch! Ich mach beim Malwettbewerb auf jeden Fall den ersten Platz!
Du hilfst mir dabei, ja ?!
Ja!

Deshalb brauche ich deine Hilfe, Nani!
Ja, ohne ein hübsches Modell kann ich diesen Wettbewerb nicht gewinnen!
Ach ja...?
Ich?
Modell stehen?
Der eine Arm muss höher ...
Nein, das ist nicht gut!
So hier etwa?
Welche Pose hättest du gern?
Okay, kein Problem!
TOTAL
HAPPY
So hier, ja?
Und du musst ernster gucken!
GRIMMIG
Etwa so?
Die Beine müssen weiter auseinander.
BEUG

Jetzt bitte stillhalten, ja?
Kann ich dich kurz was fragen?
Wo wird dieses Bild ausgestellt?
PA DAMM
So ist es perfekt!
Das bist so was von du, Nani!
Wenn ich gewinne, wird's am Flughafen zu sehen sein!
Da fällt mir ein, dass ich jetzt zur Arbeit muss!
Waaas?
Tut mir leid, aber du musst dir jemand anders suchen.
WUSCH
Na schön, dann male ich eben dich, Stitch!
Aber wie male ich dich am besten...?
Stitch steht Modell!

Als Hula-Tänzer? ♪
Als Pirat? ☆
Als Prinzessin? ♡
Dann gäbe es noch Sakko, Bikini...
... oder Samurai- und sogar Stofftierkostüme.
Aber preisverdächtig ist nichts davon. .
SCHOCK
Wir brauchen eine Pose, die dein Wesen gut einfängt...
... und das Chaos in dir verkörpert!

TADAAAAAA
ROLLO ROLLO
Du bewegst dich zu viel, Stitch!
ROLLO ROLLO
ROLLO
HOLTERDIPOLTER
Wah!
Na toll! Gleich noch mal auf Anfang!
Gaaaaaah!

Hör auf, das Laken zu bemalen!
SCHMIER
SCHMIER
SCHMIER
Heeeeey!
Iek!
SCHNAPP
Waaah!
Waaah!
KRIKEL
KRAKEL
Ich mach mit!
Aha, aha!
Wobei... Das sieht schon lustig aus.
Hm?
Dabei brauche ich noch ein Bild ...
Oh nein! Es ist schon so spät?

Aus dem Laken ist ein richtiges Bild geworden!
Super, das werde ich morgen einreichen!
Sie schreiben: »Die Jury hatte nichts als lobende Worte für dieses Meisterwerk übrig!«
Wir haben's geschafft, Stitch!
SIEGERBILD: LILO & STITCH
Warum?!
Hurra!

Hochzeit-Hallodris

Wo gehst du hin, Nani?
...
Ich wurde als Bedienung ...
... auf einer Hochzeit angeheuert.
Damit das klar ist...
Ihr seid da nicht erwünscht, ja? ♡
LODER
Also dann, bis später!
Hilfe...!
KATANG
...
Ich will diese Hochzeit sehen!
Los, hinterher, Stitch!
FUNKEL
TADAAAA
♫♪
Mit dieser Kleidung hält man uns sicher für geladene Gäste!

BLABLA
BLABLA
Wooow, wie schön!
Einen Moment mal!
ZUCK
FLITZ
Essen!
Lass das, Stitch!
Das könnte lustig werden!
FLOSTER FLOSTER
Er verwechselt mich wohl...
Husch, husch! Die Trauungszeremonie fängt bald an!
Du trägst den Ring der Braut, oder?
SCHIEB
Wie? Was?!

Sehr verehrte Gäste, hier kommt die Braut!
Es geht los...
Tamm Tamm Ta Tamm ♪
KLATSCH KLATSCH
Was zum ...?!
Warum sind die beiden hier?!
Das macht Spaß, oder, Stitch?
KLATSCH KLATSCH KLATSCH
!
SUMM SUMM
... zu lieben, in guten wie in schlechten Tagen?
Ja.
WEDEL
WUSCH WUSCH
SUMM SUMM
ZURN ZURN ZURN
SUUUMM

... euch zu Mann und Frau
FLAPPIDIFLAPP
Graaaaaaaahh!!
SUMM
PACK
Was habt ihr hier zu suchen?!
Kreisch! Waaah!
Was soll das?!
Schnell weg von hier, Stitch!
FLITZ

N... Nani...
War ich heute Morgen nicht deutlich genug?!
Eine Hochzeit ist ein ganz besonderer Tag!
Aber wegen euch wurde er zu einem Albtraum!
Ab nach Hause mit euch!
Tut uns leid...
Wir haben es vermasselt ...
Ich möchte das irgendwie wiedergutmachen...
Wieder-gut...?
!!
Wah! Was hast du vor?!
Wieder-gutmachen!
FLITZ

Tut uns wirklich leid wegen eben!
!
JUGHHUUU!!
KLATSCH KLATSCH KLATSCH KLATSCH KLATSCH
Wünscht dem frisch vermählten Ehepaar Glück und streut Blumen!
Wir wünschen euch alles Gute!
Herzlichen Glückwunsch!
PAWAAAHH

Vielen Dank!
Es ist wunderschön...
Sind Sie etwa für die beiden zuständig?
Ja, bin ich ...
Euch beide kann man echt nicht alleine lassen!
Heute drücke ich noch mal ein Auge zu...
Gut, sie haben mir nämlich vorhin alle meine Blumen abgekauft.
Hier ist die Rechnung.
Graaah!
Da geht er hin, mein Lohn...
FLATTER

Ab ins
Wasser!

Stitch hasst die Wanne!
TRAMPEL
Es ist jetzt drei Tage her!
TRAMPEL
Steig endlich in die Wanne!
Stitch!!
FLITZ
BOING
Wah!
FAAAUGH
Bäh!
Komm da runter, das ist unfair!
Na schön! Wenn du nicht zur Wanne kommst...
... kommt die Wanne eben zu dir, Stitch!

?!
PSSCH
PSSCH
Bleib sofort stehen, Stitch!
TAPPEL
Gleich kriegst du 'ne gründliche Wäsche!
TADAAAAA
Guck mal, was ich habe!
PSSCH
PSSCH
PSSSSCH
SPRITZ
Nimm das!

ROLLOROLLO
SPRITZ
!
Iiiiiiek!!
PASCHAA
Du willst es also?
Dann kriegst du es auch!!
FLI

Wo versteckt er sich nur...?
SCHWUPP
RASCHEL
SPÄH
Da bist du also!
HEB
Iek!
PSSCH
PSSCH
HOPP
PSSCH
PSSCH

Ich hab kein Wasser mehr...
Oh...!
PATT PATT
Bleib stehen!
Ah!
Genau-so mach ich's!
Dann muss ich es wieder auffüllen gehen...
Das hättest du wohl gerne!
Juchhu, Stitch ist Sieger!
Sie hat aufge-geben?
Hm... Lilo kommt nicht?

Stitch!
Jetzt erlebst du dein blaues Wunder ...
!
STAUN
!!
BLUBBER

Ich habe Shampoo reingetan!
Damit wirst du wieder sauber!
BLUBB BLUBB
Stitch hat verloren...
Sind wieder daaa!
Huch, was ist denn mit Stitch?!
WIE FLAUSCHIG!
FLUFF
Ich hab wohl zu viel Shampoo benutzt.

Stitchs großer Auftritt

Guck mal, ein Zirkus!
Jaaa!
Hurra!
Seht euch die Show morgen an, ja?
Wollen wir morgen mit unseren Eltern her-kommen?
Das wird bei Spinnlo aber schwierig.
Und deine Schwester hat wegen der Arbeit eh nie Zeit!
Armes Ding!
Grrr!
Sie hat nicht ganz un-recht...
Sorry!
Nani hat grad viel zu tun.
Aber die Show verpasse ich nicht!
Lasst uns heimlich zugu-cken!
NICHT BETRETEN!

Wooow!
Steigt er etwa auf...
... den großen Ball?!
Ich will das auch mal probieren...
... aber dafür fehlt mir so ein Ball.
EINROLL
Stitch wird dein Ball!
G...Gar nicht so leicht...!
Stitch, ein bisschen langsamer...
Upsi!
Waaaaah!
STOLPER
WACKEL

KNALL
HUSCH
Passt auf!!
WUOOOOO
Ah!
Geht es euch gut?
Es tut uns so leid...!
Ihr solltet nicht so gefährliche Dinge ausprobieren.
A...Alles okay bei euch?!
Das tat weh ...
POLTER
POLTER
Waaaaas?!
Stitch und ich können gerne an deiner Stelle auftreten!
Wo finden wir so schnell noch Ersatz ...?
Oje, den Auftritt morgen kann ich vergessen.

PAMM
PAMM
Tags darauf ...
Hääääh?!
Liebe Gäste, begrüßen Sie unsere neuen Stars...
Lilo und Stitch!
Was sachtest du?!
Lilo ist echt nicht da..
TADAAAAA
Legen wir los, Stitch!
Okay!

Nun folgt das große Finale!
Waaaaah!
Ein Kunststück auf dem Trapez!
Waaaah!
Woooow!
Wie süß!!
FLACKER FLACKER
Schafft er es, sicher durch den Feuerring zu springen?!
Wir sind genauso gespannt wie Sie!!
HOPP

Waaaaaaah!
Er hat es geschafft!!
PACK

Waaaah! Waaaah!
SPRACHLOS
Das war der helle Wahnsinn!
Bravo, weiter so!!
Das Publikum war begeistert!
Danke vielmals!
Wir hätten da eine Frage, Lilo...
Unser Zirkustrupp sucht momentan nämlich Verstärkung ...
Echt?!
Könnten wir Stitch haben?!
DRÜCK
Hä?
Wie, ihr wollt nur Stitch haben?!

Alles für die Katz!

Miaaaaau!♡
Awww, wie süüüß!
Woher hast du das Kätzchen?!
Goldig, oder? Ihr Name ist Mary!
Freunde von mir haben gefragt, ob ich auf sie aufpasse, solange sie im Urlaub sind.
WEDEL
WEDEL
CAT
Lilo?
Ah, Stitch! Gut, dass du da bist!
Guck mal, das ist Mary! Sie wohnt jetzt bei uns!
ZUCK

STAAAAAAAAAARR
SCHNURR
Faaauch!
Was hast du denn...?
STUPS
Pfotencheck
Guck mal her, Mary-lein!
WEDEL
WEDEL
Faaauch!
Er muss sich wohl erst an sie gewöhnen.
Sie kann dir doch gar nichts tun.
Bist ja selbst wie eine Katze.
Miaaaau!

Lilo, lass uns spielen!
DRÜCK DRÜCK
Hihi, wie putzig du bist!
SCHNAPP
Ich muss mich erst mal um Marys Futter kümmern.
Stitch hat Hunger ...
KNURR
BRODEL BRODEL
Stitch mag Mary nicht!
Pöh!
Wir müssen auf sie aufpassen!
Nur wenn du bereit bist, Mary mitspielen zu lassen!
Stitch hat genug!
LODER
Alle wollen nur noch Mary...
KRCK KRCK
PFUI...
Iss doch erst mal, was da ist.
Nanis verkohlte Pizza

Iiiek!
Stitch kann das auch!
STÜRM
Schön hüpfst du, Mary!
BOING
BOING
PLATSCH PLATSCH
REIB REIB REIB
Das kann Stitch schon lange!
Ja, fein putzt du dein Gesicht Mary!
SCHOCK
Mary gehört jetzt auch zu unserer Ohana!
Treib es nicht zu weit, Stitch!

BEDRÖPPELT
Alle hassen Stitch...
Stitch hat keine Ohana mehr...
TROPF
Hm? Regen ...?
FSCHAAAA
SCHAAA
Stitch hasst Regen!
Na toll...
SCHAAA
SCHAAA
Stitch?
Hast du Stitch gesehen, Nani?
Leider nicht ..

Ist er etwa draußen ...?
SCHAAA
Es schüttet wie aus Eimern...
SCHÜTTEL
Stitch hat kein Zuhause mehr!
Nein!
SCHÜTTEL
Stitch will nach Hause...
SCHAAA
Stitch hat Hunger ...
Lilo...
PLATSCH
PLATSCH
L... Lilo?!
Da hast du also gesteckt!
?!
ZUCK
Da bist du ja, Stitch!

PLATSCH PLATSCH
Stitch, warum läufst du weg?!
Stitch hat keine Ohana mehr...!
FLITZ
Hä?!
Stitch will alleine sein!
Lass uns nach Hause gehen!
PLATSCH
PLATSCH
Was redest du denn da? Bleib stehen!
?!
BLITZ
BLINK
BLINK
PLATSCH
Stiiitch!

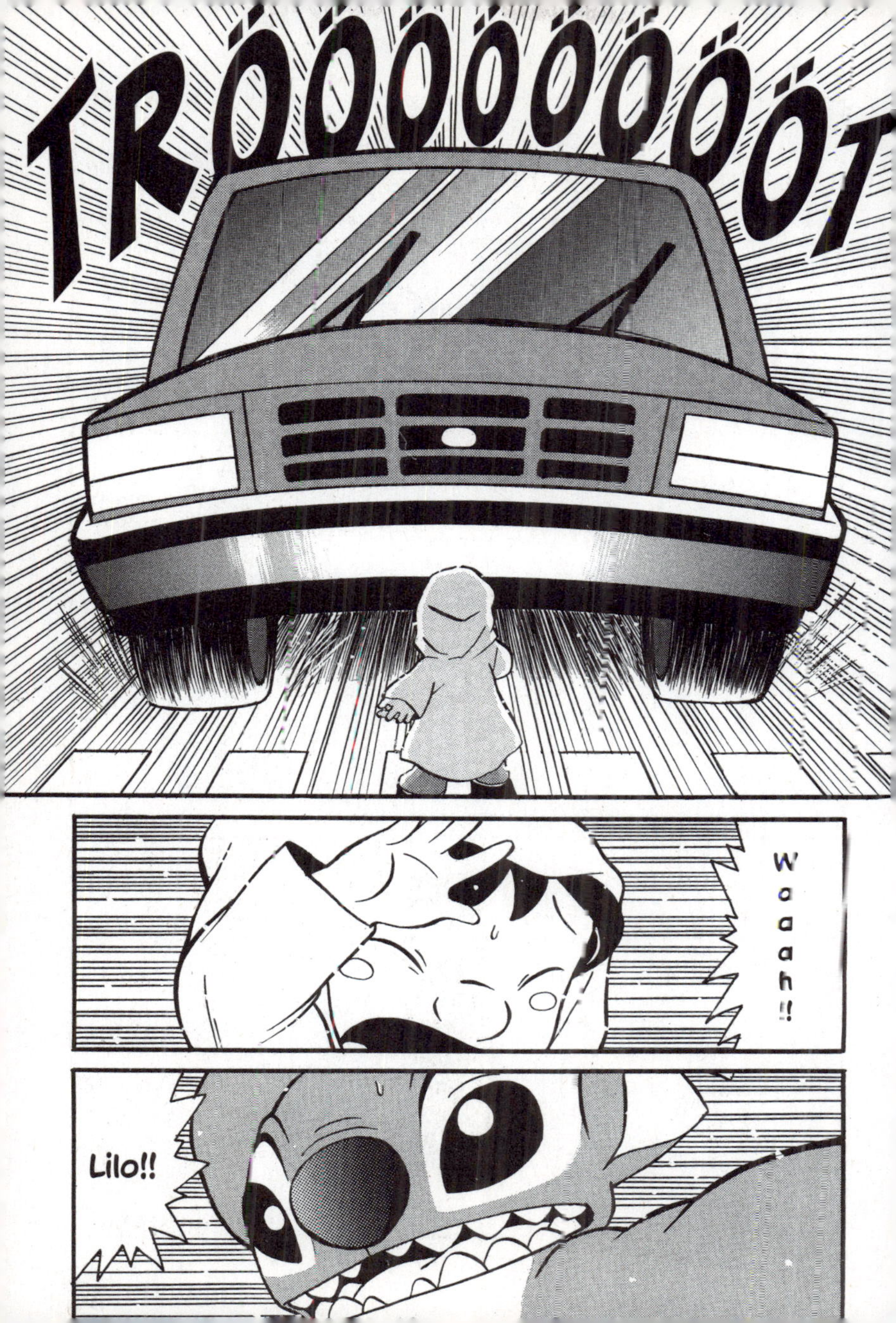
TRÖÖÖÖÖÖÖÖT
Waaah!!
Lilo!!

Huch ...?
...
BADAMM
Ist Lilo okay?
Stitch!
Ups.
Ähm, dürfte ich bald wieder runter ...??
Wir sind Ohana und halten immer zusammen, ja?
DRÜCK
Wir wollten dich nicht links liegen lassen...
Danke, Stitch!
Lilo...

◆ ENDE ◆

ALOHA

Weitere Abenteuer von STITCH! gefällig?

Disney

Lilo & Stitch

Carlsen Manga! News – jeden Monat neu per E-Mail!
www.carlsenmanga.de | www.carlsen.de

© 2024 Carlsen Verlag GmbH, Völckersstraße 14–20, 22765 Hamburg
Aus dem Englischen von Tony Toshimitsu Tran

LILO & STITCH
© 2023, Disney Enterprises, Inc. All Rights Reserved.
Die Geschichte, Charaktere und Ereignisse in dieser Veröffentlichung sind rein fiktional.
Kein Teil dieses Buches darf in irgendeiner Form ohne schriftliche Erlaubnis der Rechteinhaber reproduziert oder übertragen werden.

Redaktion: Anne Berling
Textbearbeitung: Karen Eifler
Produktionsmanagement: Wiebke Düsedau
Alle deutschen Rechte vorbehalten
ISBN: 978-3-551-80368-9

Wir behalten uns die Nutzung unserer Inhalte für Text- und Data-Mining im Sinne von §44b UrhG ausdrücklich vor.

FSC
www.fsc.org
MIX
Papier | Fördert gute Waldnutzung
FSC® C083411

Wir produzieren nachhaltig
- Klimaneutrales Produkt
- Papiere aus nachhaltigen und kontrollierten Quellen
- Hergestellt in Europa

HALT!

Dies ist die letzte Seite des Buches!

Lilo & Stitch – Abenteuer auf Hawaii ist ein Buch im japanischen Stil und in Japan liest man von »hinten« nach »vorn« und von rechts oben nach links unten, also einfach anders herum als du es gewohnt bist. Du wirst dich ganz schnell daran gewöhnen.

Wie's funktioniert, siehst du an dem Bild, das wir für dich abgebildet haben. Schlage das Buch also auf der anderen Seite auf und dann kann der Spaß losgehen!